...NÉE DES ARTS, SCIENCES
ET BELLES-LETTRES DE PARIS
Fondé en 1792

RAPPORT

SUR LES

HEURES DE LOISIR

FABLES, CONTES ET PENSÉES

PAR

MADAME MARIE-VIRGINIE MENIER

Lu à l'Hôtel de ville. — Séance du 12 juin 1865.

PRÉSIDENCE DE M. REINVILLIER

PAR L'AUTEUR

MADEMOISELLE LOUISE BADER

Membre de la Société.

PARIS

TYPOGRAPHIE WALDER, RUE BONAPARTE, 44

1865

ATHÉNÉE DES ARTS, SCIENCES ET BELLES-LETTRES

DE PARIS

FONDÉ EN 1792

RAPPORT

SUR LES

HEURES DE LOISIR

FABLES, CONTES & PENSÉES

PAR

Madame Marie-Virginie MENIER

Lu à l'Hôtel de ville. — Séance du 12 juin 1865.

PRÉSIDENCE DE M. REINVILLIER

PAR L'AUTEUR

MADEMOISELLE LOUISE BADER

Membre de la Société.

PARIS

TYPOGRAPHIE WALDER, RUE BONAPARTE, 44

1865

ATHÉNÉE DES ARTS, SCIENCES ET BELLES-LETTRES DE PARIS
FONDÉ EN 1792

RAPPORT

SUR LES HEURES DE LOISIR

FABLES, CONTES ET PENSÉES [1]

PAR

Madame MARIE-VIRGINIE MENIER

**Lu à l'Hôtel de ville. — Séance du 12 juin 1865.
Présidence de M. Reinvillier.**

PAR L'AUTEUR

MADEMOISELLE LOUISE BADER

Membre de la Société.

Le sentiment qui a dicté ce livre semble s'être résumé dans les quatre vers qui lui servent d'épigraphe :

Heureux qui peut, de la jeunesse,
Développer l'esprit en élevant le cœur,
Et remplir la double promesse.
D'amuser et rendre meilleur.

Rendre meilleur. — L'auteur dirige ses constants efforts vers ce but : on ne lit pas son livre sans se convaincre qu'il l'atteint.

[1] Chez Didier, 35, quai des Grands-Augustins.

Réfugié dans le calme d'une conscience se-
reine ; éclairé par un esprit droit et pénétrant ;
soutenu par un vaillant cœur, il regarde la vie
en philosophe et en poëte, et il la peint sous
cette double influence. Les pensées et les impressions se sont préssées comme un fleuve contenu
dans l'âme de l'écrivain. Elles s'en échappent, un
jour que la digue est levée, faciles, abondantes,
riches de séve ; cherchant, non pas l'éloge, le
bruit, la gloire, mais l'air, la vie, la liberté.

> Dieu donne à ses élus le pouvoir de chanter,
> Non des chants que la voix seule fait éclater,
> Mais d'intimes transports s'échappant de notre âme !

s'écrie l'auteur au début du concert harmonieux
que ses vers vont nous faire entendre. Toutefois,
un sentiment de profonde modestie tempère
aussitôt l'élan de ce poétique enthousiasme, et
l'auteur, effrayé à l'idée du grand jour de la pu-
blicité, ne se rassure que dans la solitude, aux
mélodieux accents du rossignol, avec lequel il
redit sous l'ombrage des bois :

> Mes chants sont naturels : ils s'échappent du cœur,
> Peu m'importe que l'on m'écoute.
> Je ne recherche point d'éloges sur la route,

Et ne sais si quelqu'un est prêt à me vanter :
Je ne chante que pour chanter.

Les fables se déroulent dans la première partie du recueil, renfermant, sous le voile allégorique, une douce morale ; une fine et spirituelle
critique des travers humains ; une observation
sagace des choses ; une profonde expérience ; un
sentiment élevé.

L'esprit reste associé au cœur dans le livre de
madame Menier. Son style puise à cette source
une simplicité qui émeut et enchante. Ceux qui
ont souffert reconnaissent en la lisant une âme
sœur. Mais l'adversité, au lieu d'étouffer, comme
elle en a trop souvent le pouvoir, la véhémence
des instincts généreux, semble les avoir ravivés
chez elle.

Dans le malheur s'épure et s'agrandit notre âme,

fait-elle dire à la colombe délaissée, et, connaissant par expérience le palliatif le plus sûr à la
peine, c'est le travail qu'elle oppose au chagrin.

De chagrin la colombe allait devenir folle !
Le travail allégea le poids de sa douleur :
Heureux, quand l'esprit nous console
Des cuisantes peines du cœur !

Recherchant les forces que l'homme peut trouver en lui-même pour combattre le sort, et réagir contre la prostration physique et morale que le malheur provoque, nous avons cité le travail. Mais il est, en dehors de l'homme, ou plutôt à côté de lui, une fidèle et sainte consolatrice que madame Menier n'oublie pas — que nous ne saurions non plus oublier : l'amitié. L'auteur revient avec prédilection à ce thème sympathique à toutes les natures aimantes ; et chaque fois le sentiment s'épanouit sous une forme nouvelle, pleine de charme et de fraîcheur. Une rose, éblouie de l'éclat de sa jeunesse, insulte à l'humble laurier-thym, dont l'hiver voit la floraison tardive ; celui-ci, chez lequel l'orgueil n'a pas éteint le cœur, se félicitant de son rôle modeste, lui répond avec indulgence :

> C'est qu'avec l'amitié j'ai cela de commun,
> Que ma fleur apparaît au jour de la tristesse
> Pour donner du courage et consoler le cœur ;
> J'adoucis de l'hiver la cruelle rigueur,
> Comme fait des amis la touchante tendresse.

Nous voudrions pouvoir citer tous les beaux vers que ce sentiment, le meilleur de la vie, inspire à l'auteur. A chacune des pages du livre, un généreux sentiment s'exhale, associé toujours à un noble enseignement. Toutes les voix de la création se font entendre au poëte; il cause avec la nature comme avec une amie expérimentée qui lui révèle les secrets de la sagesse; à chaque pas, elle lui donne, pour qu'il la communique à l'homme, une salutaire leçon :

> Voisine du soleil, une haute montagne
> Regardait en pitié la plaine, sa compagne ;

et, lui reprochant son infime place dans le monde

> C'est à peine à la dérobée,

dit-elle,

> Si tu peux contempler mon sommet.

Etonnée de ce langage insolent, et bien convaincue que le mérite et le titre à l'estime, ainsi qu'à l'amitié, ne tiennent pas à la place qu'on occupe, mais à la valeur personnelle qu'on y manifeste, la plaine répond avec dignité :

> S'il me faut du soleil, ta cime le défend ;
> J'aspire après la brise, et tu retiens le vent.

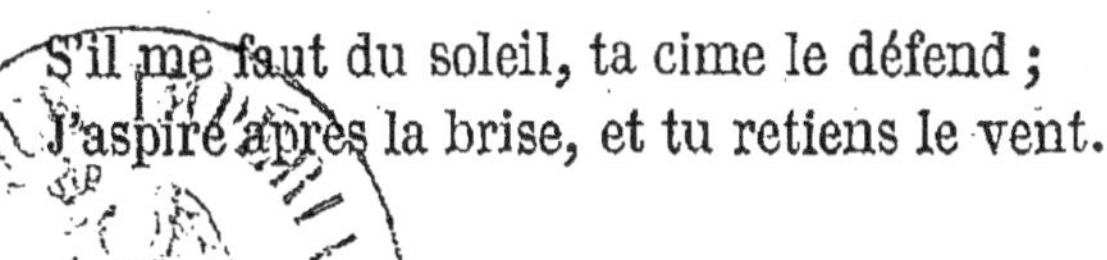

> Pourquoi voudrais-tu que j'admire
> En toi cette grandeur toujours prête à me nuire ?
> Mon amour, je le donne au timide ruisseau
> Qui me verse humblement le trésor de son eau ;
> Il préfère aux splendeurs l'ombrage de la plaine.
> Ah ! reste, s'il le faut, la voisine des cieux,
> Mais n'attends rien de plus, que d'étonner mes yeux !

Bien qu'elle s'attache de préférence aux impressions du cœur, comme l'abeille s'attarde sur les fleurs dont le calice contient les plus doux sucs, l'inspiration ne se borne pas, chez l'auteur des *Heures de loisir*, aux notes émues du sentiment. Elle suit tous les tons de la gamme poétique ; elle en connaît toutes les modulations ; elle fait écho à tous les chants de l'âme, à tous les cris de la pensée ; l'horizon du *moi*, où s'enferme trop souvent le poëte, ne l'enserre pas : elle a franchi ses barrières. L'écrivain sent que le poëte a autre chose à faire que de se prendre pour l'éternel sujet d'une éternelle élégie, et d'énerver avec lui son lecteur dans de monotones et intarissables larmes : il veut essuyer, au contraire, celles qui coulent de tous les yeux attristés. Au lieu de replier incessamment son regard sur lui-même, l'auteur l'étend sur la nature, ou il l'élève vers les sphères supérieures, dont il revient toujours avec une consolation pour celui qui souffre, un encouragement pour celui ui lutte.

Au poëte, plus qu'à tout autre artiste peut-être, est dévolu l'apostolat de la beauté morale, car il doit en communiquer l'enthousiasme. Son génie est un feu rénovateur, dit madame Menier, et comme le poëte latin, elle lui rappelle que

Faire aimer la vertu c'est l'œuvre des poëtes!

Placée à ce haut point de vue, l'auteur domine les nuages qui, dans les régions infimes, obscurcissent la vérité; et celle-ci, dégagée des liens dans lesquels l'esprit de parti l'enchaîne, se révèle libre, fière, généreuse, appelant à elle l'homme, si différent de lui-même par le moule où chaque nation, chaque époque, chaque convention politique et religieuse fait passer son idée; si semblable à lui-même par l'éternelle aspiration de son cœur. C'est à ce cœur humain, immuable dans ses douleurs et ses espérances, que le poëte des *Heures de loisir* s'adresse, sans lui demander quel pays est le sien — quelle croyance il embrasse — quel drapeau il défend. Aussi pourrions-nous justement retourner à l'auteur de ce livre ses touchantes paroles à l'Espérance :

Tu ne choisis jamais celui que tu soulages ;
Confondant à la fois les hommes et les âges,
Tous sont égaux pour toi : devenir malheureux
Donne droit d'obtenir ton appui généreux.

En relisant le sympathique recueil des *Heures de loisir*, nous nous arrêtions, charmée, ici par un frais tableau de la nature, là par une fine observation du cœur humain ; plus loin, force nous était de sourire à un trait malin adroitement décoché sur un de nos travers. Pas un d'eux dont le portrait ne soit fidèle, pas un qui ne soit reconnaissable à distance sous les allures de ces personnages allégoriques, si ingénieusement mis en scène par l'auteur :

Petits, petits, petits, c'est ainsi que Lucile
Appelait ses poulets en leur donnant du pain ;
Et chacun d'accourir, car le plus indocile
N'était pas le moins prompt à venir sous sa main.
De ces dons maternels, prodigués avec grâce,
Quand il n'existait plus sur le sol moindre trace,
Poulets de décamper, cherchant d'autres lopins.

. . . .

Ailleurs, le trait est plaisant et rapide :

Le même intérêt est le nôtre,
Disait un jour l'Esprit au Cœur ;

Soutenons-nous, mon cher, d'une commune ardeur,
Car l'un paîra toujours les sottises de l'autre.

Parmi les acteurs de ce drame universel, que
l'auteur considère avec intérêt et tristesse, il
rencontre le papillon et l'escargot ; l'un est le fou,
l'autre le sage. Le papillon

. . . s'était éveillé bien plus tôt que l'aurore
Pour pouvoir à son gré caresser chaque fleur.

Reprochant à l'escargot sa timidité et sa con-
trainte :

Tu crains de te montrer ou de faire un faux pas,

lui dit-il ;

Avec terreur tu fuis le monde,
Et pourtant en plaisirs cette contrée abonde.
Que de choses j'appris depuis bientôt deux jours,
J'ai vu tant de pays, — j'ai tant changé d'amours !
Crois-moi, quitte aujourd'hui le sol qui t'a vu naître ;
De marcher au hasard, comme moi, sois le maître.

Mais le prudent mollusque :

Le bonheur que je rêve en tout est différent ;
On le trouve au logis et non pas en courant.

Avant de me risquer, dans l'ombre je médite,
Tandis que ton aile s'agite
Pour atteindre d'un trait le rayon dans les cieux.
Vas-y, beau papillon, si tu t'y trouves mieux;
Mais crains, dans sa fureur, que le vent ne t'emporte;
Plus on tombe de haut, plus la secousse est forte.
Je conçois qu'il est doux de voler sur l'azur:
Ce plaisir est brillant, mais le mien est plus sûr.
En ton chemin s'exhale un frais parfum de roses,
Qui semblent pour toi s'être écloses;
Sur ces sentiers fleuris le temps te fera voir
Aussi des chagrins sans espoir.

Saisi d'un douloureux pressentiment, et pris d'une tendre compassion pour ce jeune insensé que l'oubli de la raison va conduire à l'abîme... l'escargot reprend, dans un élan pathétique :

A quoi sert le plaisir, s'il faut qu'on le regrette !
Si c'est avec des pleurs qu'ici-bas on l'achète !
Le plus sage est celui qui sait mieux s'en passer.
L'image du bonheur nous plaît à caresser;
Mais de trompeurs appâts la gloire est recouverte.
Ah ! peut-être n'es-tu qu'à deux doigts de ta perte.

Comme ce langage est bien celui de la sagesse; avec ce que l'expérience de la vie lui apporte de mélancolie et de bonté!... Mais le papillon a trop sacrifié au plaisir — il est enivré — fasciné... L'habitude, d'ailleurs, a paralysé chez lui le libre arbitre :

Et, narguant les filets, et l'envie, et l'orage,
De son aile empourprée il prodigue l'éclat
Et rencontre le sort qu'avait prédit le sage.

La nouveauté des sujets s'allie, dans les créations de madame Menier, à la variété de la forme, à la profondeur de vue, à la grâce et à la fraîcheur du vers.

Parfois ce vers s'élève, dans la fable même, vers les hauts sommets de la philosophie. Au détour d'un sentier fleuri, à côté d'une scène naïve, d'un détail charmant, vous rencontrez soudain les majestueux portiques des cités idéales, vers lesquels l'auteur entraîne votre pensée :

Le Sommeil et la Mort se disputent la terre.

Le premier, pour décider la lutte en sa faveur, fait valoir le bonheur que lui doit l'homme.

Et la Mort répond, victorieuse :

Quand de mon noir manteau les mortels sont vêtus,
    Plus brillantes sont leurs vertus;
    L'envie expire à mon approche
    Et j'anéantis le reproche.
Tu procures à l'homme un bienfaisant repos,
Moi, je fais plus encor, je guéris tous ses maux.

Ailleurs, comme Virgile guidait le Dante aux cercles de l'enfer, le poëte nous fait assister, recueillis et craintifs, à l'hymen funèbre du Plaisir et de la Mort. Elle a quitté son ténébreux séjour :

Le Plaisir effrayé suivit plus d'un détour
Pour éviter l'effet de sa faux meurtrière.

Mais en vain, — l'implacable déesse va l'atteindre. Avant de le frapper, émue peut-être elle-même par tant de beauté et de jeunesse, mais plus sûrement flattée, dans son insatiable besoin de destruction, à l'idée du secours qu'il peut lui prêter :

J'ai le droit de t'arracher la vie,

lui dit-elle,

Mais de toi dépendra qu'elle te soit ravie.
A t'épargner je mets une condition :
Tu seras sans réserve à ma discrétion !
Les sensuels humains ont peur de ma figure,
La tienne est séduisante, ainsi que ton allure ;
Par des sentiers fleuris et de riants détours,
A moi fais-les venir... il m'en faut tous les jours !

Le Plaisir accepte... et, devenu ministre des hautes œuvres, c'est lui qui immole, tous les jours, les mortels par milliers.

Saisi de la grandeur et de la vérité de cette conception poétique, un de nos peintres distingués, M. Anatole de Beaulieu, l'a personnifiée dans un tableau digne de son talent et de la pensée qui l'inspirait.

Mais c'est surtout dans la seconde partie du livre : *Stances et méditations,* que l'auteur s'abandonne au souffle lyrique qui l'anime :

Prière, élan du cœur vers le Dieu qu'on adore,
Rayon pur et sacré que la foi fait éclore ;
L'âme qui te connaît sait le chemin du ciel
Et va, d'un vol sublime, aux pieds de l'Éternel.

C'est dans ces hautes régions, dont le poëte

semble si bien connaître la route, que, rencontrant les vertus qui honorent et consolent l'humanité, il s'écrie, s'adressant à la Charité :

> Quand ton aile agitée, au cri de la souffrance,
> S'élance pour calmer les accents douloureux,
> Tu viens avec bonté tenir aux malheureux
> Les promesses de l'Espérance.

Mais la nuit se fait, l'horizon se ferme; cette Psyché curieuse, qui réside dans les profondeurs du cerveau de chacun de nous, se trouble et s'inquiète, et, plongeant du milieu des ombres un regard inquisiteur dans l'inconnu, elle demande avec anxiété : Qu'est-ce que l'avenir? Le penseur va lui répondre : L'avenir,

> Mirage où le bonheur au lointain se reflète,
> En invitant la main à venir le saisir;
> Sommet aérien dont scintille la crête,
> Rivage où vient sans cesse expirer le plaisir.
> . . . .
> C'est l'éternel écueil où les désirs succombent;
> Le fanal aimanté qui chaque jour pâlit;
> C'est le gouffre béant où toutes choses tombent,
> Où s'absorbe l'argile... où l'âme lui survit.

Écloses à l'ombre de la retraite, dans le recueil-

lement et le silence, au répit des heures doulou-
reuses, les *Heures de loisir*, confidentes intimes,
ne devaient pas, dans la pensée de l'auteur,
s'épanouir au grand jour. Mais au-dessus de nos
tendances et des réserves de la modestie personnelle, s'élève le principe de la solidarité. Aucun
des dons que reçoit l'homme ne lui a été fait en
vue de lui seul. Il se doit à tous par l'intelligence
aussi bien que par le cœur. A cette flamme divine
d'éclairer et d'échauffer pour sa part le foyer
commun; à elle d'aider à cette diffusion de cha-
leur et de lumière, où le progrès puise son ali-
ment! Ce principe de solidarité humaine et de
fraternité littéraire l'a emporté chez madame
Menier. A la pensée que son livre pourrait peut-
être faire germer un généreux sentiment, adou-
cir une souffrance, encourager une âme faible,
elle l'a confié à la presse. De nombreux témoi-
gnages d'appréciation et de gratitude lui ont
prouvé déjà combien elle avait eu raison. Des
noms honorés dans la littérature : MM. Édouard
Plouvier, Théodore de Banville, Édouard Four-
nier, Louis Tremblay, etc.; la *Presse*, la *Patrie*,
l'*Artiste*, le *Constitutionnel*, l'*Opinion nationale;*
divers autres journaux de Paris et de la province
ont payé à ce recueil poétique un tribut de justes
hommages, et, en le faisant connaître, lui ont at-

tiré de nombreuses sympathies. C'est à l'*Athénée*, dépositaire d'une ancienne et noble gloire qu'il transmettra à l'avenir, que ce livre vient se confier aujourd'hui. Il y recevra, nous n'en doutons pas, un digne et fraternel accueil.

Louise BADER.

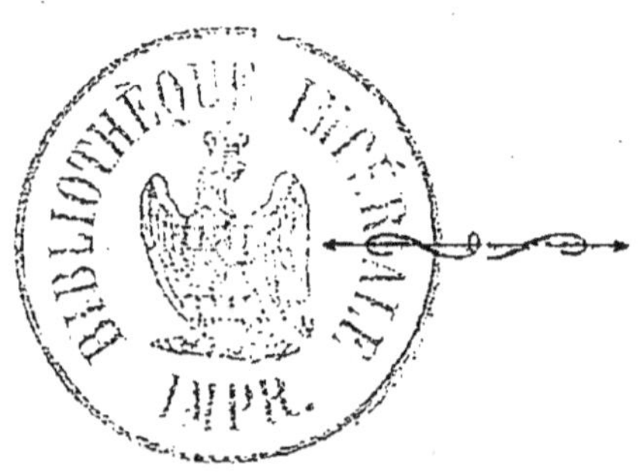

Après la lecture de ce rapport, l'Athénée, par un vote unanime, a conféré à l'auteur des *Heures de loisir* le titre de membre de la Société.

Paris. — Imprimerie Walder, rue Bonaparte, 44.

www.ingramcontent.com/pod-product-compliance
Lightning Source LLC
LaVergne TN
LVHW010136060726
842524LV00005B/1954